仙子先生

莫嘉・德卡迪耶／文　　弗羅希安・皮傑／圖　　尉遲秀／譯

三民書局

所有的仙子都生活在森林裡，
每個仙子都不一樣。
有些是晨光仙子，有些是勇氣仙子，
有些是睡眠仙子，
也有一些是家事仙子。

然後，還有仙子先生。

仙子先生和晨光仙子不一樣。
他每天早上都爬不起來，
沒辦法叫醒森林裡的動物。

而且，他總是最後一個被叫醒的，
每天都睡到最後一刻，
到了早餐時間才起床。

仙子先生也和親親仙子
不一樣，親親仙子用
魔法棒輕輕點一下動物
情侶的屁股，就能讓
他們互相親吻。

仙子先生的每一個動作
都讓動物們哈哈大笑，
笑到停不下來。
他搔他們的胳肢窩和小
肚子，或是他們的腳，
卻從來沒搔過他們的
屁股……

總之，仙子先生根本不懂
親吻的魔法。他也不知道要
怎麼做才能像呼呼仙子一樣，
在傷口上變出完美的包紮。

他的魔法棒不管怎麼敲，
都沒辦法把頭痛治好……
他只會把大樹變成棉花糖！

這隻小象嘆了一口氣，他說：
「我什麼事都做不好……我是個沒用的仙子。」

這時，遠方浮現了另一種森林，
是仙子先生從沒留意過的……

他滿心好奇，拍動翅膀往那座森林前進。

他從來沒見過這樣的森林！
裡頭所有東西都灰撲撲的，
一個個沒有顏色的大方塊跟天空一樣高，
人們的眼神彷彿迷失在人行道的暗影裡。

「這裡的人看起來都好憂傷啊……」
仙子先生心裡想著。

他想起自己跟親親仙子一起工作的時候，朋友們都哈哈大笑。
那時是怎麼辦到的？

仙子先生小心翼翼的揮舞魔法棒，可是他不管做什麼事，
都跟別人不一樣，結果牆上突然出現一塊塊不同的顏色！
他每揮動一次手臂，就會在街上潑出一些從來沒人見過的奇妙色彩。

漸漸的，笑容開始浮現，人們的臉龐也亮了起來。

小象很滿意，他繼續往前飛。

在不遠的地方，他看見幾位居民
陷入地底下，一個接著一個。
「這裡的人一定跟我們森林裡的
動物完全不一樣。他們就像一群
鼴鼠，急著要鑽進同一個洞穴裡！」

他很驚訝，決定跟在他們後頭。

仙子先生跟著他們移動。
他滑過來，鑽過去，拍動翅膀在
人們的肚子與胳肢窩間穿梭──
他一路上都在搔乘客的癢！

過沒多久，整個車廂的人
都左搖右晃的笑了起來。
「好癢！好癢啊！」

仙子先生回到地面，腦子裡亂糟糟的，
但想到乘客們的笑容，又有一點感動。

可是，在他眼前又出現了一些看起來很憂鬱的人。
「我要怎麼幫助他們呢？」他問自己。

「啊！我知道了！」他揮動魔法棒，
突然間，遮陽傘都變成了巨大的棉花糖！

看到這些人開心的樣子，
小象的腦海卻閃過一個奇怪的問題……

他立刻轉身，以最快的速度，
頭也不回的往森林飛去，飛呀！

他很擔心，要是他的朋友也變得
像城裡的人們一樣憂傷，該怎麼辦？
會不會他以前做的一切並沒有錯？
有沒有可能，他不是什麼都做不好，
只是用了屬於自己的方法？

仙子先生飛回樹林，他不敢相信自己的眼睛。
「發生了什麼事？森林裡所有的顏色都跑到哪裡去了？」

他衝進樹叢裡大叫：
「喂！喔！有沒有誰在呀？我回來了！」

很快的，幾個身影出現在樹木之間，呼喚著他：
「仙子先生！仙子先生！」所有朋友都大聲喊著。
「好高興又見到你了！」狐狸高聲說。
「我們都忘記怎麼笑了……」公鹿說。
「你一定不知道！」仙子們對他說：
「我們什麼方法都試過了！就是沒辦法讓大家笑……」

這時候，小象什麼也沒說，他開始揮舞魔法棒……

仙子先生從來不知道，
在所有的仙子當中，最不能少的就是他。

現在，大家都叫他微笑仙子。

微笑仙子：〔名詞〕用來形容讓生命變得更愉快的人。